কামিনী

শুভম গুচ্ছাইত

ISBN 979-888569843-6

আমার স্বর্গীয় পিতা শ্রী রাজেন গুছ্ছাইত কে আমার এই প্রথম বই উৎসর্গ করলাম।

তিনি এখন আর আমার কাছে নেই, কিন্তু তার সাথে সময় কাটানোর প্রত্যেক টা মূহর্ত এখনো আমার সাথেই আছে। তাই বাবা তুমি যেখানেই থেকো, খুব ভালো থেকো।

বিষয়বস্তু

ভূমিকা

আমি শুভম গুচ্ছাইত। অনেকেই আমায় চেনেন না। এই বইয়ের মাধ্যমে আমার আত্মপ্রকাশ। মূলত ভৌতিক ,রহস্য ও ডিটেকটিভ গল্পের দিকেই ঝোঁক বেশি।

ছোটো থেকেই লিখতে খুব ভালবাসতাম। কিন্তু পড়াশুনোর চাপে সেই রকম ভাবে আর লেখা হয়ে ওঠেনি। তবে আমি এই সুপ্ত ইচ্ছেটাকে কোনদিন ও হারিয়ে যেতে দিনি। কারন একমাত্র এটাই আমার ভালো লাগার জায়গা। কলেজ শেষ করে যখন চাকরি তে প্রবেশ করলাম, তখন সময়টা আরও ক্ষুদ্র হয়ে এলো। কিন্তু যতটুকু সময় পেতাম, নিষ্ঠা ভরে তা কেবল লেখাকেই দিতাম। তাই বলতে পারি আজ একটা ছোড়, সুপ্ত স্বপ্ন আমার সত্যি হতে হয়েছে।

যতটা ভালবেসে আমি এই গল্পটা লিখেছি, আশা করি পাঠকরাও ততটা ভালবাসা নিয়ে এই বই পড়বেন, এবং উপভোগ করবেন। পাঠকদের প্রত্যেকটা মুল্যায়ন, আমার জন্য অত্যন্ত জরুরী।

আশা করি ভবিষ্যতে আরও ভালো লেখা আপনাদের উপহার দিতে পারবো।

ধন্যবাদ

স্বীকার

এই বই প্রকাশে যে সর্বত ভাবে আমায় সাহায্য করেছে, তার নাম না নিলে, তার প্রতি অন্যায় করা হবে। আমার প্রত্যেকটা গল্পে যে আমায় সবসময় উৎসাহিত করেছে, সে আমার সবচেয়ে কাছের বন্ধু মৌলী বিশ্বাস।

এছাড়াও আমার বন্ধুদের অবদান অনস্বীকার্য।

<h1 style="text-align:center">1
কামিনী</h1>

❧

প্রথম পর্ব

গল্পটা কিভাবে শুরু করবো বুঝতে পারছিনা। আদৌ কেউ আমার কথা সেই অর্থে বিশ্বাস করবে কিনা তাও জানি না, এটা আমার ভ্রম নাকি বাস্তবতা ? , তাও জানি না। কিন্তু জানার চেষ্টা করে চলেছি প্রতি নিয়ত।

আমি শ্রী অরুণ গাঙ্গুলি, বয়স ৪৫,একজন সরকারি চাকুরিজীবি। বিয়ে করিনি, কারণ ওই বিবাহ নামক শব্দে আমার বিশেষ ভরসা বা বিশ্বাস কোনোটাই নেই। আমি একলা থাকতে একটু বেশি পছন্দ করি। অন্য আরেকজনের বোঝা বহন করার ইচ্ছে, অথবা নিজে অন্য কারোর বোঝা হয়ে যাওয়ার দায় এই দুটোর কোনো টিই আমার ভালো লাগে না। তাই, একা থাকার পথ আমি অনেকদিন আগে থেকেই বেছে নিয়েছিলাম। কিন্তু দিনে দিনে বয়স বাড়ছে তাই সারাজীবন একা কিভাবে কাটাবো সেই ভেবে এখন মাঝে মাঝে একটু ভয়ও পাই।

শখের মধ্যে দুটো জিনিসই আমি পারি, এক লেখা লেখি আর দুই বাগান। এই দুটো জিনিস আমার সমস্ত ভয়কে আর ভাবনা কে এক নিমেষে উড়িয়ে দেয়।

আমি অবশ্য পেশাদার লেখক বা খুব পটু লিখিয়ে নই, তবে সেবার ওই একটা ম্যাগাজিনে একটা গল্প বেরিয়ে ছিল বলেই একটু আগ্রহ পেয়েছিলাম। আমার বন্ধুরাও একপ্রকার জোর করেছিল লেখার জন্য।

ম্যাগাজিনের সেই গল্পটা পড়েই তো বিনোদ বলল "অরুণ তুই তো বেশ ভালো লিখিস, দারুন কিন্তু। লেখাটা ছাড়িস না"।

নিখিলেশ, অভিষেক ছাড়াও অফিসের আরো অনেকেই বলেছিল। কিন্তু আমার তেমন বিশ্বাস হয়নি,তবে সত্যি বলতে মনে মনে যে একেবারেই আপ্লুত বা খুশি হয়নি, তাও নয়।

আসলে লেখকরা ওই প্রশংসা টা পেতে খুব ভালোবাসে। আমিও যে তাদের দলে পড়ি তা অস্বীকার করবোনা। এবং তা তাড়িয়ে তাড়িয়ে অনুভব ও করেছি।

যাই হোক এবার আসি আসল কথায়। পুজোর একটা লম্বা ছুটি পেয়েছি, প্রায় ১৬দিন, সরকারি চাকরি বলে কথা। তাই ভাবলাম একটু ঘুরে আসি। মনটাও ভালো হবে আর গল্প ও লিখতে পারবো। ভেবেছি এইবার একটা ভুতের গল্পই লিখবো,আসলে বন্ধুদের থেকে এত অনুরোধ পেয়েছি যে মনের মধ্যে ভৌতিক বা অলৌকিক লেখার ইচ্ছেটা প্রবল ভাবে বেড়ে গেছে।

ঠিক করলাম ঘাটশিলা যাবো, সেই মতন টিকিট ও কেটে ফেললাম। পরশু দিন ট্রেন হাওড়া থেকে বিকেল ৫টায়।

ওহ! একটা কথা বলতেই ভুলে গেছি, আমার এই নিঃসঙ্গ জীবনের সঙ্গ দেওয়ার জন্য একজন ভৃত্য আছে যে আমায় প্রায় ১০ বছর ধরে সেবা করে আসছে। তাই আমার সাথে সেও যাবে।

আজ সোমবার। তাই আমার নিঃসঙ্গ জীবনের সাথী হরি কে ডেকে বললাম "হরি, আমার জামা কাপড়ের সাথে তোর ও কিছু কাপড় নিয়ে নিস। আর ওখানে এখন ঠান্ডা, একটু বেশি করে গরম জামাকাপড় নিয়ে নিস"।

হরি তো আকাশ থেকে পড়লো। ও অবাক হয়ে চোখ দুটো প্রায় রসগোল্লার মতন গোল গোল করে জিজ্ঞেস করলো,"আমি?? আমার জামা কাপড় লাগবে কেন দাদা বাবু??"

আমি হেসে বললাম "হা হা,, আরে তুই আমার সাথে যাবে হরি। তুই ছাড়া কি আমার এই নিঃসঙ্গ জীবন সচল থাকে, বলতো??"

হরি তো হেসে লুটোপুটি। হাসি থামিয়ে ও বললো "আচ্ছা আমি সব গুছিয়ে রাখবো, দাদা বাবু"।

হরি বেশ মজার। ওর জন্যই আমার এই একলা জীবনের নিঃসঙ্গতা কিছুটা হলেও দূর হয়।

দেখতে দেখতে বুধবার এসেও গেল।বিকেল ৫টার আধ ঘন্টার আগেই পৌঁছে গেলাম আমি আর হরি হাওড়াতে।

ঠিক সময়েই ট্রেন ছাড়ল। অনেক সাধ করে জানালার ধারে সিট পেয়ে নিজেকে বেশ সৌভাগ্যবান বলে মনে হলো।আসলে প্রত্যেক বাঙালির এটাই তো মূল চাওয়া, জানলার পাশে সিট মানেই স্বর্গ। মালপত্র সব উপরের বাংকারে তুলে দিয়ে বেশ আয়েশ করে বসলাম। হরি আমার সামনে সিটে। ওকে দেখে বেশ ভালো লাগছিলো। মনটা বেশ খুশি ওর।

সন্ধ্যে ৬টার দিকে চা দিয়ে গেল। আর ২ ঘন্টা লাগবে পৌঁছতে। চা খেতে খেতে জানলা দিয়ে বাইরের দৃশ্য দেখতে লাগলাম, গাছ পালা গুলো কেমন যেন ছুটতে ছুটতে দূরে আরো দূরে মিলিয়ে যাচ্ছে। আকাশের চাঁদ কে দেখে মনে হলো চাঁদ যেন আমাদের সাথেই ঘাটশিলা যাচ্ছে।

মনটা আজ বেশ হালকা, ফুরফুরে ও। প্রায় দেড় বছর পর ঘুরতে যাচ্ছি। কাজের প্রেশার কাটিয়ে এই সৌভাগ্য যে আমার কপালে লেখা ছিল ভাবিনি।

রাত ৮টা বেজে ২৬ মিনিটে ঘাটশিলা স্টেশন এ নামলাম। রাত বেশি না হওয়ার জন্যই বোধহয় এখনো লোক গমগম করছে। কেউ ফিরছে, আবার কেউ আসছে।আমাদের আগে থেকেই হোটেল বুক কররালাম্ম।তাই স্টেশন থেকে বাইরে বেরিয়ে রাস্তায় এসে বড় রাস্তা থেকে একটা রিক্সা ধরে সোজা হোটেলে গিয়ে উঠলাম, সময় লাগলো ১০ মিনিট।

কিন্তু হোটেলে উঠেই মনটা খারাপ হয়ে গেল আমার। হোটেলটা মোটেই পছন্দ হলোনা , কিন্তু এই রাতে কিভাবে কোথায় অন্য হোটেল খুঁজবো?? সেই ভেবে অগত্যা একটা রাত থেকেই গেলাম। ঠিক করে নিয়েছিলাম পরের দিন ভালো একটা খোলা মেলা বাড়ি আমার চাই।বেশি দিন এমন ঘিঞ্জি পরিবেশে থাকলে আমার দম বন্ধ হয়ে যাবে। আর আমার ঘরটা এমন জায়গায় দিয়েছে, জানলা খুললেই একটা বুজে যাওয়া আদ্যিকালের পুকুর, আর কিছু নেই কোথাও।

হরি আমার মন বুঝে বললো "দাদা বাবু তুমি চাপ নিও না, কাল সকালে আমি নিজে ভালো একটা ঘর খুঁজবো। আজ রাত টুকু,,,,,,"।

আমি বললাম "আরে ঠিক আছে।। দেখ দেখি কি খাবার পাওয়া যায়। একটু খাবারের ব্যবস্থা কর। খেয়ে ঘুমোই, বড়ই ক্লান্ত লাগছে।"

হরি বেরিয়ে গেল ঘর থেকে রাতের খাবারের জন্য।আমি একটা দীর্ঘশ্বাস ফেলে বিছানায় আমার খাতা নিয়ে বসলাম, দেখি যদি একটু কিছু লিখতে পারি।

প্রায় ২০মিনিট পেনটা মুখে নিয়ে বসেই রইলাম,কিন্তু কিছুই লিখতে পারলাম না। কারন সেই মুহূর্তে মাথায় কিছুই এলো না। বিরক্ত হয়ে পেনটা

খাতায় ঢুকিয়ে রেখে বিছানায় গা এলিয়ে দিলাম।

কখন যে হরি খাবার নিয়ে এসে গেছে জানতাম না। ও সব কিছু তৈরি করে আমায় ডাকতেই ,তবে আমার ঘুম ভাঙল।

ঘড়িতে দেখি রাত ৯.৪০ বাজে। আমি চোখ মুছতে মুছতে উঠে বললাম "হরি কখন এলি?? এত ক্লান্তি লাগছিল যে ঘুমিয়েই পড়েছিলাম??"

হরি হেসে জবাব দিলো "ও তোমার দোষ নয় গো, ওটা এই আবহাওয়ার দোষ। এত ভালো জায়গায় এলে একটু ঘুম পায়, কি ঠান্ডা পরিবেশ। যাক গে, তুমি খেয়ে নাও। গরম গরম রুমালি রুটি আর কসা মাংস এনেছি।"

আহ! এই জন্যই হরিকে আমি এত ভালোবাসি। ও ঠিক সময়ে মোক্ষম কাজটা করে দেয়।রাতের খাবার রুমালি রুটির সাথে কসা মাংস, উফ্ফ পুরো জমে যাবে। খাওয়া দাওয়া শেষ করে হরি কে বললাম "তুই না থাকলে যে কি হতো?? আমার এই নিঃসঙ্গ জীবন তোকে ছাড়া এক পাও চলে না। নে আর দেরি না করে শুয়ে পড়। দুটো খাট আছে, আমি এখানে শুচ্ছি, তুই ওই টাতে শুয়ে পড়"।

এক ঘুমেই রাত শেষ। হোটেল বয়ের দরজার ধাক্কা তে ঘুম ভাঙল আমার। পাশের বিছানায় তাকিয়ে দেখি হরি তখনো ঘুমোচ্ছে। অগত্যা বিছানা থেকে নেমে দরজা খুলতেই দেখি হোটেলের একজন ছোকরা গোছের ছেলে এসেছে সকালের ব্রেকফাস্ট দিতে। ব্রেকফাস্টে ছিল চা বিস্কুট ও ডিমের টোস্ট। ইতিমধ্যেই হরি চোখ কচলাতে কচলাতে উঠে পড়েছে।

আমি চা খেতে খেতে হরিকে উদ্দেশ্য করে বললাম "হরি চা খেয়েই বেরিয়ে পড়ি নাকি??"

হরি মাথা নেড়ে সম্মতি দিলো।

চা খেয়ে রেডি হয়ে দুজনে বেড়িয়ে পড়লাম নতুন বাড়ির সন্ধানে। একটু নিরিবিলি জায়গা চাই আমার। যেখানে বসে আমি একটু একা নিজের মতন করে থাকতে পারবো, ভাবতে পারবো নতুন গল্পের জন্য।

কিন্তু দুর্ভাগ্য , অনেক ঘুরেও কোনো ভালো নিরিবিলি জায়গার সন্ধান পেলাম না, অগত্যা দীর্ঘশ্বাস ফেলে শেষমেষ একটা চায়ের দোকানে ঢুকলাম একটু বিশ্রাম নিতে। দোকানের সামনে রাখা বেঞ্চে বসে ভাবতে লাগলাম কি করবো এখন?? কাকে জিজ্ঞেস করবো? ওই রকম বাড়ি কি আদৌ পাওয়া যাবে?? আদৌ আমি আমার গল্প লিখতে পারবো?

নাহ, কিছুতেই কিছু মাথায় আসছে না। কোনও ভাবনাই মাথার ধূসর কোষে আসছে না। তাই মাথা খোলানোর জন্য আগে একটা চা দরকার, তাই

আমি দু কাপ চা অর্ডার করলাম।

দোকানি আমায় চা দেওয়ার সময় জিজ্ঞেস করলো "দাদা এখানে নতুন নাকিই?? হাওয়া বদল করতে??"

আমি বললাম "হাওয়া বদলের জন্যই আসা, কিন্তু হাওয়া আর বদলাচ্ছে কই??"

আমার এমন বিটকেল উত্তরে দোকানি একটু ভ্যাবাচ্যাকা খেয়ে গেল। ও ঢোক গিলে জিজ্ঞেস করলো "মানে??"

আমি খুবই কষ্ট পাওয়ার অভিনয় করে বললাম "একটা ভালো থাকার জায়গা পাচ্ছিনা। আমি একটু নিরিবিলি জায়গা খুঁজছি। পাওয়া যাবে?? "

দোকানি হেসে বললো "ও আপনি পাবেন না। এখন সবই উন্নত। সব জায়গা জমজমাট, দেখছেন না চারিদিকে তাকিয়ে?"।

উত্তরে আমি দমে গেলাম। মন ভেঙে গেল। এখানে আসার উদ্দেশ্যটাই মাটি হয়ে যাবে তাহলে, ধুর!!

চা খেয়ে দোকান থেকে সবে বেরিয়ে কিছুটা দূরে এগিয়েছি, এমন সময় একটা অচেনা কন্ঠস্বর পিছন থেকে শুনতে পেলাম "এই যে মশাই,, শুনছেন??"

আমি আর হরি দুজনেই পেছন ঘুরে তাকালাম , দেখলাম একজন মাঝ বয়সী লোক আমাদের দিকেই তাকিয়ে হাত নেড়ে এগিয়ে আসছে।

আমি আর হরি দুজনেই এর কারণ বুঝতে পারলাম না। তাই অবাক হয়ে পরস্পরের মুখের দিকে তাকালাম খালি। লোকটি দ্রুত পায়ে আমাদের দিকে এগিয়ে এসে বললো "আপনারা ঘর খুঁজছেন না??" । আমি বেশ অবাক হয়ে জিজ্ঞেস করলাম "আপনি জানলেন কিভাবে??"

লোকটি সহাস্যে বলল "আপনারা যখন কথা বলছিলেন ওই দোকানে বসে আমি তখন ওখানেই ছিলাম, আর শুনেছিলাম আপনাদের কথা"।

আমি বললাম "ওহ"। তারপর ওই লোকটির সাথে আমাদের কথা আরও কিছুটা এগোল। জানতে পারলাম লোকটির নাম কুনাল। এমনিতে লোকটিকে ভালো বলেই মনে হলো। যদিও অচেনা তাই চট করে বিশ্বাস করতেও মন চায়না।

বাড়ির প্রসঙ্গে তিনি বললেন "আমার এক খান বাড়ি জানা আছে, তবে বহুকাল যাবৎ সেই বাড়িতে কেউ প্রবেশ করেনি।। আপনাদের অসুবিধা হবে না তো??"

আমি হেসে বললাম "একদমই নয়"।

এইবার এখান থেকেই শুরু আসল গল্পের। ভীষণ কম টাকার ভাড়া হওয়ায় আমি তো রাজি হয়ে গেলাম, কিন্তু আমি তখনও এটা জানতাম না আমার অন্তিম সময় আসন্ন। আমার নিয়তি ভীষণ ধীরে ধীরে আমায় সেই অন্ধকূপের দিকে টেনে নিয়ে চলেছে। এই রাজি হয়ে যাওয়ার পরিণতি যে এমন ভয়ঙ্কর হতে পারে তা আমার কল্পনাতেও আসেনি তখন।

লোকটি আমাদের ওই বাড়ির কাছে নিয়ে এলো।

বাড়ি দেখেতো আমি অবাক। মুখের সব ভাষাই হারিয়ে গেছে। সুবিশাল বাড়ি, দেখে মনে হয় কোনো বিশাল জমিদারের বাড়ি ছিল এটা এক কালে। তবে সেই সৌন্দর্য বা গাম্ভীর্য কোনো টাই আর অবশিষ্ট নেই এই ভগ্নপ্রায় বাড়িতে। এটা যে যত্নের অভাবে ভাঙতে বসেছে সেটা বেশ ভালোই বুঝতে পারছি।

বাড়িটা দেখে আমার পছন্দ হওয়ার কারণ প্রধানত দুটি, প্রথমত , বাড়িটা দেখতে একটু খারাপ হলেও দারুন, বেশ একটা রাজকীয় ব্যপার এখনো বিদ্যামান। আর দ্বিতীয়ত, এটা জনমানুষ থেকে অনেকটাই দূরে নিরিবিলিতে, সমস্ত কোলাহলের বাইরে।

আমি একটা কথা না জিজ্ঞেস করে পারলাম না, "আচ্ছা কুনাল বাবু এটার বয়স কত??"

লোকটি হেসে উত্তর দিলো "প্রায় ১৫০ বছর বা তার ও বেশি, তবে কম নয়"। আমার মুখ থেকে কেবল একটা শব্দই বেরোলো "দারুন"।

আমরা বাড়ির চাবি নিয়ে হোটেলে গিয়ে সব জিনিস পত্র নিয়ে চলে এলাম।

তারপর চাবি দিয়ে দরজা খুলে প্রবেশ করলাম ১০ বছর বন্ধ থাকা ঘরে। বাড়ির বয়স ১৫০ হলেও শুনলাম ১০ বছর আগেও এই বাড়ি লোকে গম গম করতো, তবে শেষ যিনি ছিলেন উনি মারা যাওয়ার পর এখানে আর কেউ আসেনা,সেদিন থেকেই বন্ধ।

দীর্ঘদিন বন্ধ থাকার জন্য জায়গাটা বেশ স্যাঁতস্যাঁতে। আর গুমোট। উপরেও ঘর আছে, তবে যাওয়া যায়না কারণ সিঁড়ি ভাঙা।

হরিকে বললাম "হরি এই নিচের ঘরেই আমরা থাকব,তুই বরং আমার পাশের ঘরেই থাকিস। আপাতত দুটো ঘর একটু পরিষ্কার করে দে তো।"

হরি ঘাড় নেড়ে বললো "এখুনি করে দিচ্ছি"।

এখন মনটা বেশ শান্ত। উফফ ওই কোলাহল থেকে বেরোতে পেরে বেশ ভালো লাগছে।

দ্বিতীয় পর্ব

দরজা খুলে হরি জিনিস পত্র রাখতে রাখতে বলল "দাদা বাবু, একটা কথা ছিল, বলবো?"

হ্যাঁ, বল না কি বলবি, এমন মুখ শুকনো করে দাঁড়িয়ে আছিস কেন?? তোর বাড়িটা পছন্দ হয়নি?

ও জিব কেটে বলল "এই না না, পছন্দ হবে না কেন? কিন্তু এত পুরনো একটা বাড়ি, সাপখোপের ভয় তো আছেই, তার উপর...।"

আমি অবাক হয়ে জিজ্ঞেস করলাম "তার উপর?... কি?"

ও কিছুটা আমতা আমতা করে বলল "ওই যে ওনারা...।"

"কারা?"

"তেনাদের নাম মুখে আনতে নেই।"

আমি রেগে গেলাম, হরি বলতে চায় টা কি?? একটা ধমক দিয়ে বললাম "হরি খোলসা করে বলতে হলে বল, না হলে বলিস না।"

ও আমার কাছে এসে মুখ নামিয়ে ধীরে ধীরে বলল "আজ্ঞে ভূতের ভয় পাচ্ছি।" আমি ওর কথা শুনে হো হো করে হেসে উঠলাম। বলে কি এই ছেলে?

"হরি, তুই তো দেখছি বয়স বাড়ার সাথে সাথেই বাচ্চা হয়ে যাচ্ছিস, যাক গে এখন মাল গুলো গুছিয়ে ঘর দুটো পরিস্কার কর। আমার নোংরা একদম ভালো লাগে না, জানিস তো আমার ধুলো তে অ্যালার্জি আছে। আমি একটু বাজার থেকে আসছি, দেখি কি পাওয়া যায়? ঠিক আছে??"

হরি কোনও কথা বলল না, কেবল নিঃশব্দে মাথা নাড়ল। আমি বাজারের ব্যাগ টা নিয়ে বেরিয়ে পড়লাম। বাড়িটা বেশ খাসা পেয়েছি, মনে মনে বেশ একটা আনন্দ হচ্ছিল আমার।

বাড়ি থেকে বেরিয়ে খুঁজতে খুঁজতে ঠিক বাজার পেয়ে গেলাম। খেয়াল করলাম বাড়ি থেকে বাজার খুব একটা বেশি দূরে নয়, মাত্র ৬ মিনিট। বাজারে গিয়ে মাছ, আলু, সবজি ডাল সব কিছুই ৫ দিনের মতন কিনে বাড়ি ফিরলাম। ৫ দিন বলার কারন আমার প্ল্যান আপাতত ৫ দিনেরই।

বাড়ি ফিরে হাত ঘড়ির দিকে তাকিয়ে দেখি প্রায় ১০ টা বাজতে যায়। ঘরে ঢুকে আমি অবাক হয়ে গেলাম। এ যেন অন্য একটা ঘর। একদম পরিস্কার পরিচ্ছন্ন। উফ্ফ কি দারুন লাগছে, মনে হচ্ছিলো যেন কোনও নতুন বাড়িতে উপস্থিত হয়েছি। দুটো ঘর একদম পরিস্কার তকতকে। দেখে কেউ

বলতেই পারবে না যে এই ঘর দীর্ঘ ১০ বছর পর খোলা হয়েছে।

হরি কে ডেকে তার কাজের প্রশংসা করতেই ও লজ্জা পেয়ে গেল। আমি বললাম "কাতলা নিয়ে এসেছি। একটু কষিয়ে রান্না করো তো। ভীষণ খিদে পেয়েছে, সকালে ওই দুবার চায়ের পর তো আর কিছুই পেটে পড়েনি।"

"হাঁ, আমি তাড়াতাড়ি সব কিছু করে দিচ্ছি, তুমি একদমই চিন্তা করো না ", বলে হরি বাজারের সব জিনিস নিয়ে চলে গেল রান্না ঘরে। উনুনের আয়োজনটা আগেই সেরে নিয়ে ছিলাম।

আমি পরিস্কার হওয়া ঘরটাকে মন্ত্র মুগ্ধের মতন দেখতে লাগলাম, সত্যি একটা ঘর বটে। বৃহৎ তার আয়তন। শোয়ার জন্য একটা খাট পাতা, খাটে হাত দিয়ে বুঝলাম এর বয়স কম করে হলেও ১৫ বছর হবেই, কিন্তু এখনো বেশ মজবুত। খাটের পাশে একটা টেবিল আর ছোট্ট এক খানি চেয়ার।

মনে মনে ভাবলাম এটাই হবে আমার গল্প লেখার আদর্শ জায়গা। দরজা দিয়ে ঢুকে ডান হাতে একটা বিশাল বড় ছবি, জানি না কার। তবে দেখে কোনও রাজার বলেই মনে হয়। ধুলো জমে জমে ছবিটা প্রায় নষ্ট হতেই বসেছে।

ছবির পাশের দেওয়াল থেকে রঙ নামক বস্তু টাই উঠে গেছে। ভিতরের অংশ গুলো যেন ঠিকরে বেরিয়ে আসছে। মেঝের দিকে চোখ পড়তে দেখলাম, মেঝের অবস্থাও একই, কেমন যেন ধুলো ধুলো। আমি নিচু হয়ে মেঝে তে হাত বোলালাম, কিন্তু কোনও নোংরা হাতে এল না। সত্যি হরি খুব ভালো কাজ করে। বেশ বুঝতে পারলাম, বয়সের কারনে মেঝের এবং দেওয়ালের এমন অবস্থা। সে যাইহোক এমন নিরিবিলি খাসা বাড়ি পেয়ে আমি বেশ খুশি। টেবিল আর চেয়ার টা খাটের থেকে সরিয়ে এনে ওটা একটা জানলার কাছে এনে রাখলাম। জানলার আয়তন ও সুবিশাল।

তার পর কি মনে হল একটু চেয়ারে বসলাম। আহ কি শান্তি, এমন ছোট কিন্তু নরম চেয়ার আগে কোনও দিনও বসিনি। চেয়ারে বসতেই আচমকা বাইরে থেকে একটা হিম শীতল বাতাসের ঝাপটা জানলা দিয়ে ঢুকে আমার চোখ মুখ কে স্পর্শ করে বেরিয়ে গেল। মনে মনে স্থির করলাম আজ রাত থেকেই শুরু করে দেব আমার উপন্যাস "ভৌতিক অমনিবাস"।

হরির হাতে জাদু আছে স্বীকার করতেই হয়, কাতলা মাছ দিয়ে যা পদ রান্না করেছে উফফ বলার বাইরে। খেয়ে দিয়ে বিছানায় এসে শুয়ে পড়লাম। শুয়েও কেমন একটা অপার শান্তি অনুভব করছিলাম। কি নরম তুলতুলে বিছানা। আমি মনের আনন্দে এদিক থেকে ওদিক ,ওদিক থেকে এদিক

গড়িয়ে নিলাম। আহ দুপুরের ভাত ঘুম যে দারুন হবে এতে কোনও সন্দেহই রইল না আমার।

বিছানায় শুয়ে আছি এমন সময় আচমকা একটা চিন্তা মাথার মধ্যে এসে আমার সমস্ত ভাবনা কে এক নিমেষে ওলট পালট করে দিল।

"এই কুনাল লোকটা কে, কি তার পরিচয়? আর এই বাড়ির চাবিই বা ওর কাছে এলো কিভাবে??" এইসব অগুনিত প্রশ্নের কোনো উত্তর আমি খুঁজে পেলাম না। আরও অদ্ভুত লাগলো এটা ভেবে যে, " দশ বছরের বন্ধ পুরনো আদ্যিকালের বাড়িতে এমন নরম তুলতুলে বিছানা আর চেয়ার এলো কিভাবে?"

শুয়ে শুয়ে সিলিঙের দিকে তাকিয়ে এই সবই ভাবছি হঠাৎ মাথার একদম উপরে চোখ যেতেই চমকে উঠলাম, এই ঘরে যে কোনো ফ্যান নেই। নেই কোনও কারেন্ট এর ব্যবস্থাও। এতক্ষণ তো খেয়ালি করিনি যে এখানে বিদ্যুতের ব্যবস্থাই নেই। এত আশা করে বাড়ি তে প্রবেশ করার পর এমন একটা পরিস্থিতির সম্মুখিন আমায় হতে হবে সেটা বোধ করি আমি ভেবেও দেখিনি।

"হে ভগবান...। এখন কি হবে?? " মনের মধ্যে নানা রকম চিন্তা একসাথে দলা পাকিয়ে উঠতে লাগলো। কিন্তু বাড়িতে যখন একবার প্রবেশ করেই ফেলেছি, তখন যতই কষ্ট হোক, দ্বিতীয় অন্যত্র যাওয়ার চিন্তা মাথায় না আনাই ভালো। হয়তো দেখবো পরের টা ভালো হলেও সেই ঘিঞ্জি পরিবেশে আমায় কাটাতে হবে। অতএব মন থেকে এইসব দুশ্চিন্তা একদম ঝেড়ে ফেললাম, এত ভেবে আর কাজ নেই। এখন আপাতত বাড়িটা ৫ দিনের জন্য আমার, যা ইচ্ছে তাই করা উচিত, কিন্তু সমস্যা অন্য জায়গায়।

"কারেন্ট নেই, তাও মানা যায়। কিন্তু অন্ধকারে থাকবো কিভাবে? একদিকে ১৫০ বছরের পুরনো বাড়ি, তার উপর বিগত ১০ বছর ধরে কেউ বাস করে না, যদি সাপ খোপ বা অন্য কোনো জন্তু থাকে তখন?? না না, এই ভাবে থাকবো কিভাবে?? হরি কি মোমবাতি এনেছে??" এইসব ভাবনা মাথায় আসতেই চেঁচিয়ে ডাকলাম "হরি,,,, এই হরি। শোন তো এখানে"।

হরি বাসন গুছিয়ে হাত মুছতে মুছতে ঘরে ঢুকে জিজ্ঞেস করলো "বলো, কি হয়েছে?? কিছু লাগবে??" ।আমি একটু মজা করার জন্য গলাটা একটু রহস্যময় করে বললাম "একটা বড় বিপদ হয়ে গেছে রে"। আমার কথা শুনে হরির হাতের গামছাটা ভয়ের চটে থর থর করে কেঁপে উঠলো। ও কম্পিত গলায় জিজ্ঞেস করলো "কি,,, কি হয়েছে দাদা বাবু??" আমি আরো রহস্যময়

ভাবে বললাম "তুই যা ভয় পেয়েছিলিস সেটাই হয়েছে হরি"।

হরির এমত অবস্থা দেখে আমার সত্যি হাসি পেয়ে গিয়েছিল। কোনও মানুষ যে এত দ্রুততার সাথে সব কিছু বিশ্বাস করে নিতে পারে, তার প্রকৃষ্ট উদাহরন ওকে না দেখলে বোঝাই যেত না। আমি দেখলাম হরি বার বার গামছা দিয়ে ওর ঘর্মাক্ত মুখ মুছছে, আর বিড়বিড় করে হরি নাম জপ করছে। আমি একটা বিষয় বেশ ভালো ভাবে লক্ষ্য করেছি ,যে মানুষের কোনও জিনিসের উপর যত বেশি বিশ্বাস করে, সেই জিনিসের উপর ভয় ও তত বেশি হয়। সে বস্তু সজীব হতে পারে অথবা জড়। যাকে আমরা চোখে দেখতে পাইনা তার অস্তিতে এত ভয় কেন পায়?? কে জানে? ইহার সঠিক উত্তর আমার কাছেও নেই। হয়তো এই প্রশ্নের সঠিক মুল্যায়ন ই কখনো হয়নি।

আমি মুচকি হেসে বললাম "এই বাড়ি তে কারেন্ট নেই। মোমবাতির ব্যবস্থা করতে হবে হরি"।

হরি কথা টা শুনে এমন ভাবে তাকালো আমার দিকে, মনে হলো শিকারির হাত থেকে সদ্য বেঁচে যাওয়া শিকার যেমন ভাবে নতুন প্রাণ ফিরে পাবার আনন্দে তাকায়, ঠিক ওরম।

হরি ঢোক গিলে বললো "তুমি,, তুমি যে কি বলো মাঝে মাঝে ভয় ধরিয়ে দাও। আমি যাই অনেক কাজ বাকি,,রাম রাম রাম"বলতে বলতে রান্না ঘরের দিকে দ্রুত পায়ে প্রস্থান করলো। আর যেতে যেতে এটাও বলে গেল "আমি চারটে বড় মোমবাতি সঙ্গে করেই এনেছি বাড়ি থেকে"।

সত্যি হরি যে এত কাজের তা জানা ছিল না।

রাতের খাওয়া শেষ করে আমরা দুজনে দুজনের নিজ নিজ ঘরে প্রবেশ করলাম। হরি যাওয়ার আগে বলে গেল "দাদা বাবু কোনো দরকার হলে জোরে ডেকো। আমি ঠিক চলে আসবো"।

আমি হেসে বললাম "বেশ বেশ। যা তুই, ঘুমো"।

ঘড়ির দিকে তাকিয়ে দেখি রাত ১০ টা বাজে সবে। এখানে বড্ড তাড়াতাড়ি অন্ধকার নামে। পাহাড়ি এলাকা বলেই হয়তো এমন। কিন্তু কলকাতায় এটাতো সবে সন্ধে। যাইহোক আমার খাতা আর পেনটা বের করলাম ব্যাগ থেকে। তারপর মোমবাতি টা টেবিলের উপর রেখে চেয়ারে বসলাম। জানলার একটা পাল্লা অর্ধেক খোলা, আর একটা বন্ধ। যদি হাওয়া এসে আলো নিভিয়ে দেয় তাই।এখানে পরিবেশ টা একটু ঠাণ্ডা বলেই হয়তো এতটা গরম বা অস্বস্তি অনুভব হচ্ছে না। কিন্তু একটা জিনিস বেশ ভালো

করে বুঝতে পারলাম যে একটা রোমাঞ্চকর ও ভৌতিক পরিবেশ সৃষ্টি হয়েছে আপনা হতেই।

এমনিতেই ঠান্ডা এখানে তাই ফ্যানের ও তেমন প্রয়োজন নেই। তবে হ্যাঁ একটু আলো হলে ভালো হতো। আসলে যার আধুনিক টিউব লাইটে লিখে পড়ে অভ্যাস, তার কি এই মোমবাতির আলোয় ভালো লাগবে? আমার ও পরিস্থিতি হয়েছে তাই। তবে এ কথা অস্বীকার করার উপায় নেই যে এমন একটা পরিবেশে ভুতের গল্প লেখাটা বেশ জমবে।

১৫০ বছরের পুরনো বাড়ি তার উপর মোমবাতির আলো,, আহ খাসা রোমাঞ্চকর ভুতুড়ে পরিবেশ বটে। গল্প লেখা শুরু হলো।

গল্প লিখতে লিখতে কখন যে গল্পের মধ্যেই হারিয়ে গেছিলাম খেয়ালই নেই। হঠাৎ একটা মৃদু নুপুরের শব্দ কানে আসতেই নড়ে চড়ে বসলাম। ভ্র কুঁচকে কয়েকবার ঘাড় ঘুরিয়ে চারিদিক ভালো করে দেখে নিলাম। কিন্তু কোথাও কেউ নেই। ঘর একদম ফাঁকা, কেবল আমার অস্তিত্ব বিদ্যমান।

একবার ভাবলাম "মনের ভুল নয়তো??" তাই আবারো ভালো করে শোনার চেষ্টা করলাম। নাহ একদম ভুল নয়, এ যে সত্যি নুপুরের শব্দ হচ্ছে। আর শব্দটা আসছে আমার ঘরের আসে পাশে থেকেই। মনে মনে ভাবলাম এত রাতে কে?? কে নুপুর পড়ে এই ভাঙা বাড়িতে ঘুরে বেড়াচ্ছে?? একটু হলেও গা টা ছমছম করে উঠলো ভয়ে। যদিও আমি ভুতে কোনো কালেই ঠিক বিশ্বাস করতাম না, কিন্তু এই পোড়ো বাড়িতে এমন একটা পরিবেশে আচমকা নুপুরের শব্দ আমায় ভাবিয়ে তুলল। এ কথা অস্বীকার করবো না যে ভয় একদম ই লাগে নি আমার। ভয় মানুষের অভ্যন্তরীণ অনুভুতি মাত্র। আমাদের অবচেতন মন যত গভীর ভাবে এইসব কথা ভাববে ততই আমাদের চেতন মনে ভয়ের গুমোট অন্ধকার জমতেই থাকবে।

তাই গল্প টায় মনোনিবেশ করার জন্য আমারা এই ভয়ের গুমোট অন্ধকার কে কাটাতেই হবে। তাই "যাকগে যেই হোকনা কেন। তাতে আমার কি?" নিছকই মনের ভুল বলে, ও কোনো কিছুর পরোয়া না করেই আমি ফের গল্পে মগ্ন হলাম।

তারপর বেশ কিছুক্ষণ কোনো সাড়া আর পেলাম না। আমি এই মনের ভুলটাকেই সত্যি ভেবে আঁকড়ে রইলাম। কিন্তু সেই বিশ্বাস বুঝি এইবার ভাঙল। হঠাৎ দরজার মধ্যে টোকা পড়তে শুরু করলো। এমন অবস্থায় যেকোনো মানুষই ভয় পেয়ে যাবে। স্বাভাবিক ভাবেই আমিও পেলাম। কিন্তু এত রাতে কে?? বোধ হয় হাওয়া। হাওয়াতেই এমন শব্দ হচ্ছে। মন কে শক্ত

ফের লেখায় মন দিলাম।

কিন্তু না, ফের টোকা পড়লো। একবার নয় দুবার নয়,, এমন কি তিন বার নয়,,,,,, বারবার, বারংবার। টোকা পড়তেই থাকছে। কিছু সময় পড়ে সেই টোকাটা ধাক্কায় পরিনত হলো। মনে হচ্ছিল কেউ এই ঘরের ভিতর ঢুকতে চায়। কিন্তু আমি বাঁধা দিচ্ছি তাই সে বারবার দরজায় আঘাত করছে।

এমত অবস্থায় অনুভব করলাম আমার গলা শুকিয়ে আসছে। টেবিলে রাখা গ্লাসটা থেকে একটু জল খেয়ে আমি ধরা গলায় জিজ্ঞেস করলাম "কে??? কে ?? দরজায় টোকা দাও?? কে????"

কোনো উত্তর নেই। ২মিনিট সব চুপ। আমি ভাবলাম এটাও বুঝি মনের ভুল। কিন্তু না ফের আমার ভাবনা কে ছিন্ন বিচ্ছিন্ন করে দরজায় টোকা পড়লো।

আমি এবার উঠে পড়লাম। ব্যাপার টা দেখতেই হচ্ছে। বুকে সাহস এনে ধীর পায়ে এগিয়ে দরজা খুলে ফেললাম। টর্চ দিয়ে এদিক ওদিক তাকিয়ে দেখলাম, কিন্তু কই কেউ নেই তো?? কোথাও কেউ নেই। তবে কি সত্যি এটা আমার মনের ভুল?? এতটা ভুল শুনলাম আমি??

যাইহোক ঘরে ঢুকে দরজা লাগিয়ে দিলাম। মুখ ঘুরে বিছানায় চোখ যেতেই আমার শিরদাঁড়া দিয়ে বেয়ে গেল ঠাণ্ডা রক্তের স্রোত। গলা পুরো শুকিয়ে কাঠ হয়ে গেল। গায়ের সমস্ত রোম এক নিমেষে খাড়া হয়ে উঠলো আমার। বুকের ভিতর ভীষণ জোরে দামামা বাজতে শুরু করে দিয়েছে ইতিমধ্যেই।

টাল সামলাতে পারলাম না। হাত কেঁপে টর্চ টা সশব্দে পড়ে গেল মাটিতে।

তৃতীয় পর্ব

আমি ভয়ার্ত কর্ণ্ঠে জিজ্ঞেস করলাম "কে??? কে ওখানে??"

মোমবাতির অল্প আলোতে খুব একটা ভালো দেখতে পাচ্ছিলাম না, তবে এটা বেশ বুঝতে পারছিলাম কেউ একজন নিশ্চিত বসে আছে খাটের উপর।

আমি ফের জিজ্ঞেস করলাম "কে?? সাড়া দিচ্ছ না কেন?? কে আপনি? কি চান??"

তাতেও কোনো সাড়া নেই। আমি এবার সাহস করে টর্চটা মাটি থেকে তুলে নিয়ে বিছানার উপর ফেললাম।

কিন্তু আশ্চর্যের বিষয়, কাউকেই দেখতে পেলাম না। কেউ নেই। তন্ন তন্ন করে পুরো ঘর খুঁজলাম, কিন্তু না,কেউ নেই। মানুষ কি, কোনও জন্তুর ও উপস্থিত থাকার প্রমান পেলাম না। এটাও তবে আমার মনের ভুল?? কিছুই বুঝতে পারছিলাম না। পরপর এত বার ভুল করলাম? এও কি সম্ভব? কি জানি, হতেও পারে। হয়তো সবটাই ভুল দেখেছি। আসলে ভুতুড়ে বাড়িতে বসে ভুতের গল্প লিখছি বলেই হয়তো এমন ভ্রম হচ্ছে আমার বার বার।

গ্লাসে রাখা বাকি জল টুকু খেয়ে আমি হাত ঘড়ির দিকে তাকালাম, রাত ১১.৩০ বাজে সবে।

নাহ, আর একটু লিখি। নাহলে সময় মতন শেষ করতে পারবো না।

তাই মন থেকে সব কিছু ঝেড়ে ফেলে ফের লেখায় মন দিলাম। এখন আমি লিখছি কিভাবে একটা ভুতের প্রবেশ ঘটছে একটা আদিকালের পুরনো বাড়িতে। ব্যপার টা কে আরো ভৌতিক কিভাবে বানানো যায় তাই ভাবছি, এমন সময় আমায় প্রায় চমকে দিয়ে আমার খুব কাছ থেকে, প্রায় আমার ঘাড়ের কাছে একটা মেয়েলি কন্ঠস্বর শুনতে পেলাম। কেউ যেন আমায় ডাকছে আমারই নাম ধরে "অরুণ,,,,,,,অরুণ,,,,"।

ভয়ে আমার হাত থেকে পেনটা পড়ে যায় মাটিতে। পেনটা মাটি থেকে তুলে যেই সামনের দিকে তাকিয়েছি, ওমনি মনে হলো আমার সারা শিরা উপশিরা এক সাথে জমাট বেঁধে গেল ঠাণ্ডায়। আমি চাইলেও হাত পা মুখ কিছুই নাড়াতে পারছিনা। সব যেন অবশ হয়ে আসছে, মুখ দিয়ে একটু শব্দ পর্যন্ত করতে পারছিনা, নাকি সেই শব্দ করার শক্তি টুকুও আমি হারিয়ে ফেললাম। বুঝিতে পারলাম না।

কিন্তু যা দেখলাম তাতে যে আমি অজ্ঞান হয়ে যায়নি এই রক্ষে। আমার ঠিক সামনে রাখা টেবিলের পাশে একজন নারী মূর্তি এসে দাঁড়িয়েছে। আমি স্পষ্ট দেখতে পেলাম। এতটা চোখের ভুল হবে না। মেয়েটি আমার দিকে এক দৃষ্টিতে তাকিয়ে। তার চোখের পলক পড়ছে না। কি ঠাণ্ডা শীতল সেই চাহনি। সেই নিস্প্রান চোখের মনির দিকে তাকালেই সারা শরীর ভয়ে ছমছম করে ওঠে।

তারপর হঠাৎ সেই সুমধুর কন্ঠ থেকে একটা কোমল ডাক ভেসে এলো আমার কানে "অরুণ,,, অরুণ""।

আমি কথা বলতে পারছিনা। চেষ্টা করছি কিন্তু তাও পারছি না। গলা বন্ধ হয়ে আসছে। তাও নিজের সমস্ত জোর দিয়ে আমি শেষ চেষ্টা করলাম, গলা দিয়ে বেরোলো অস্ফুট একটা শব্দ "কে ?"

মেয়েটি আমার প্রশ্ন শুনে খিলখিল করে হেসে ফেলল। হাসির দমক থামলে উত্তর এলো "আমি কামিনী গো, কামিনী"। আমি কম্পিত কন্ঠে কোনো রকমে প্রশ্ন করলাম "কা,,কামিনী কে?? আমি তো চিনিনা,,,,,"

ফের সেই হাসি, হাসতে হাসতেই বললো "ওমা তুমি চিনবে কিভাবে আমায়?? আচ্ছা বাবু, তুমি বুঝি লেখক??"

আমি বললাম "তা,তাহলে তুমি চিনলে কিভাবে আমায়? কিভাবে আমার নাম ধরে ডাকলে?? আর আমি একটু লিখি বটে, তবে লেখক নই"

মেয়েটি বোধহয় আমার কথায় একটু অবাকই হলো। অবাক কন্ঠে জিজ্ঞেস করলো "এ আবার কি কথা?? তুমি লেখ অথচ লেখক নও??"

ইতিমধ্যে নিজেকে কিছুটা হলেও সামলে নিয়েছি। বার বার নিজেকে বোঝানোর চেষ্টা করতে লাগলাম, মনে মনে বলতে লাগলাম "এটা ভ্রম,, এটা ভ্রম। এটা আমার মনের ভুল ছাড়া আর কিছুই হতে পারে না।আসলে ভুতের গল্প লিখছি বলেই এমন টা মনে হচ্ছে। আমার অবচেতন মনের ভুল এটা, সত্যিকারের কেউ নেই"।

কেমন করে জানিনা ওই ছায়া মূর্তি টা আমার মনের কথা ঠিক বুঝে নিয়েছে। একটা বিদ্রুপের হাসি হেসে তাচ্ছিল্যের সাথে বললো "এটা তোমার ভ্রম নয়। আমি সত্যি আছি লেখক বাবু"।

শেষের কথা গুলো আমার মধ্যে তীরের মতন বিঁধে গেল। চিৎকার করে হরিকে ডাকবো সেই শক্তি টুকুও নেই।।

আমি সভয়ে জিজ্ঞেস করলাম "কি চাও??"

উত্তর এলো ,"কথা বলতে, বন্ধু হতে"।

আমি এবার সাহস করে টর্চের আলো তার দিকে ফেলে বললাম "চলে যাও।। আমার চাইনা। কিছু চাইনা,, চলে যাও।"

টর্চের আলোতে দেখলাম কেউ কোথাও নেই। পুরো ঘর ফাঁকা। সেই রাত যে কিভাবে কাটলো, আমি নিজেও তা জানিনা।

সকালে হরির ডাকে ঘুম ভাঙল আমার। "দাদা বাবু, ও দাদা বাবু। কি হলো?? বেশ ভালো ঘুম হয়েছে মনে হচ্ছে। নাও নাও এই বার উঠে চা টা খাও"।

ঘুম থেকে উঠে দেখি আমি বিছানায় শুয়ে। কিন্তু আমি বিছানায় এলাম কিভাবে?? জানি না। জানিনা বলা টা ভুল হবে, মনে নেই।

লাফিয়ে উঠে দরজা খুলে দিলাম। হরি হাতে চায়ের কাপ নিয়ে ঘরে ঢুকলো। একগাল হেসে জিজ্ঞেস করলো "কি দাদা বাবু?? ঘুম কেমন হলো?

কারেন্ট না থাকায় খুব একটা অসুবিধা হয়নি তো ?। যদিও এই ঠাণ্ডাতে ফ্যান ও তেমন লাগে না, শুধু ওই লাইট, ওটা মোমবাতিতেই কাজ হয়েগেছে। তাই না??"

আমিও একটু শুকনো হাসি হেসে জবাব দিলাম "হ্যাঁ, ওই আর কি??"

আমি কাল রাতের ঘটনা সম্পূর্ণ রূপে ওর থেকে এড়িয়ে গেলাম। কারণ আমি জানি ওকে বললেই আর ও এখানে থাকতে চাইবে না। আর আমিও এই বাড়িতে থাকার লোভ ছাড়তে পারবোনা। তাই কাল রাতের ঘটনাটা সম্পূর্ণ মনের ভ্রম ভেবেই এড়িয়ে গেলাম।

কিন্তু একটা প্রশ্ন বার বার আমার মনে জাগছিলো, "কাল রাতে কে এসেছিল আমার ঘরে? আর সত্যিই কি কেউ এসেছিল? নাকি আমার পুরোটাই কল্পনা??"

চায়ের কাপটা নিয়ে চেয়ারে এসে বসলাম। টেবিলের উপর খাতা আর পেন রাখা। চা খেতে খেতে ভাবলাম দেখি একটু গল্পটা কেমন এগিয়েছে।প্রথম থেকে পড়তে শুরু করলাম, দেখলাম গল্পটা বেশ ভালো ভাবেই এগোচ্ছে।

পড়তে পড়তে যেই শেষের দিকে এলাম ওমনি একটা জায়গায় আমার চোখ আটকে গেল। দিনের আলোতেও কেমন যেন একটা শিরসিরানী ধরে গেল শরীরে। আমি এইসব কি দেখছি?? এই নাম তো আমি লিখিনি। কে লিখলো তবে?? ভালো করে মনে করার চেষ্টা করলাম।

হঠাৎই মনে পড়ে গেল, আরে কাল রাতে ওই ছায়া মূর্তি বলেছিল ওর নাম "কামিনী"।

কিন্তু আমি তো সেটা লিখিনি, তবে আমার খাতায় ওর নাম এলো কিভাবে ?

দেখলাম আমার গল্পের শেষ অংশে লেখা আছে "ধীর পায়ে কামিনী প্রবেশ করলো ঘরে। তার রূপ, যৌবন দেখে অভিলাষ আর নিজেকে সামলাতে পারেনি। ক্ষুধার্ত বাঘের মতন তার কোমল নরম শরীরে থাবা বসিয়েছিল। তার ভাঁজ খাঁজের আড়ালে নিজেকে লোকাতে চেয়েছিল,,,,কিন্তু,,,,,,,,"

কিন্তু এইসব তো আমি লিখিনি। এমন লালসাময় লেখা আমি লিখিনি। "না না আমি নই, তবে কে? কে লিখলো এই সব?? নাকি সত্যি আমি? উফ্ফ আমি পাগল হয়ে যাবো। কিছুই বুঝতে পারছিনা কি হচ্ছে আমার সাথে ??"

আমি খাতাটা রেখে বিছানায় এসে বসলাম। মনে করতে লাগলাম কালকের রাতের কথা। কিন্তু কিছুই তেমন মনে পড়লো না। কেবল একটা

কথাই মনে পড়ছিল কেউ আমার কানের কাছে এসে বলেছিল "আমি কামিনী"।

এ কোন বিপদের বেড়া জালে আমি জড়িয়ে গেলাম? নিজেকে শক্ত করলাম, বার বার বোঝাতে লাগলাম, এটা সত্যি নয় এটা ভ্রম। আমি গল্প লিখছি বলেই বোধ হয় সেটা আমার অবচেতন মনে প্রতিফলিত হচ্ছে, কিন্তু এটা সত্যি হতেই পারে না।

আজকের রাতে, অর্থাৎ দ্বিতীয় দিনের রাতে আমি ফের বসলাম আমার গল্প নিয়ে, কিন্তু কিভাবে শুরু করবো?? ওই লেখাটা কি কেটে দেব? না থাক। ভুতের গল্পে একটু রোমান্টিক ব্যাপার থাক। তাই আমি ওর পর থেকেই ভাবতে শুরু করলাম কি লেখা যায়।

ভাবতে ভাবতে প্রায় ঘন্টা খানেক কেটে গেল কিন্তু মাথায় কিছুই এলো না। বিরক্ত হয়ে পেনটা রেখে বোতল থেকে জল খেলাম। তারপর চেয়ারে হেলান দিয়ে বসলাম, এই ভাবে বসে থাকতে থাকতে কখন যে ঘুম এসে গেছিল বুঝতেই পারিনি।

হঠাৎ দরজায় টোকার আওয়াজে ঘুম ভাঙল। ঘড়ির দিকে তাকিয়ে দেখি ১১.৪৫ বেজে গেছে। উফফ আজ বোধহয় ঠান্ডাটা একটু বেশিই লাগছে। জ্যাকেট পরেও যেন ঠান্ডা যায়না। চোখ মুছলাম, বোতল থেকে জল গড়ালাম গ্লাসে। কই কোনো শব্দ পেলাম না তো। "ধুত"বলে জল খেয়ে ফের লেখায় মন দিলাম।

মোমবাতি টা জ্বলতে জ্বলতে প্রায় অর্ধেক হয়ে এসেছে। রাতের অন্ধকার আরো খানিকটা গভীর হয়ে এসেছে, আচমকা একটা ভাবনা মাথায় আসতেই, সেটা যেই লিখতে যাবো ওমনি দরজায় ফের টোকা পড়লো আগের দিনের মতন। আমি জিজ্ঞেস করলাম "কে?? "

কোনো উত্তর এলো না।

আমার সাথে মজা করছে নাকি কেউ?? উফফ মাথা গরম হয়ে গেল, শান্তিতে একটু লিখতেও দেবে না। টর্চ নিয়ে যেই উঠতে যাবো, ঠিক তখনই কোথা থেকে একটা ঠাণ্ডা কনকনে বাতাস আমার আমায় ছুঁয়ে দিয়ে বেরিয়ে গেল।হতভম্বের মতন আমি ধপ করে বসে পড়লাম চেয়ারে। "বদ্ধ ঘরে বাতাস এলো কিভাবে??"

আর ঠিক তখনি আমার শরীরের সমস্ত রক্ত কে জল করে আমায় প্রায় ভীষণ মাত্রায় চমকে দিয়ে সেই সুরেলা মধুর কন্ঠে ডেকে উঠলো কেউ "অরুণ,,,,, অরুণ,,,,,"

উফফ কি আবেদনময়ী তার ডাক। কোনো পুরুষ মানুষের সাধ্য নেই সেই ডাককে অস্বীকার করে। ফের ডাকলো "অরুণ,,, অরুণ,,,"।

এইবারের সেই ডাকের মধ্যে আরো আরো বেশি আবেদন ভেসে আসছে। আমি যন্ত্রের মতন তাকালাম বিছানার দিকে। এইবারে মোমবাতির আলোয় হোক বা অন্য কিছুর জন্যই হোক স্পষ্ট দেখতে পেলাম তাকে, "কামিনী"কে।

কি রূপ তার। শরীর থেকে যেন আলো ঠিকরে বেরোচ্ছে। যা মুখের ভাষায় বিবরণ করা যায়না, এমনি রূপসী সে।

গায়ের রং টকটকে ফর্সা। মুখখানা মিষ্টি, চোখ ও ঠোঁট দুটো যেন লাস্যময়ী।

পরনে শাড়ি। মুখ থেকে দৃষ্টি সরে গিয়ে পড়লো একটু নীচে। দেখলাম শরীরের প্রত্যেকটা ভাঁজ স্পষ্ট। সেই লালিত্ব মাখা দেহ, যেকোনো পুরুষই প্রেমে পড়ে যাবে প্রথম দর্শনে।

আমি টের পেলাম আমার শরীরের রক্ত সঞ্চালন দ্রুত বেড়ে গেছে। আমার বিশেষ অঙ্গের উপর আমার কোনো নিয়ন্ত্রণ নেই।

হঠাৎ দেখলাম মেয়েটি বিছানা থেকে নেমে আমার সামনে এসে উপস্থিত হলো।

একটু ঝুঁকে আমার দিকে তাকিয়ে জিজ্ঞেস করলো "কেমন আছো?? তোমার গল্প কতদূর লেখক বাবু??"

সত্যি বলছি, আমি নিজেকে অনেক সামলালাম, কিন্তু,,, কিন্তু দৃষ্টি আমার মুখের বদলে গিয়ে পড়লো তার বুকে। দেখলাম শাড়ির খানিকটা অংশ সরে গেছে বুক থেকে। ভাঁজ সুস্পষ্ট।

আমি কোনক্রমে ঢোক গিলে আমতা আমতা করে বললাম "চ,,চলছে,, চলছে"।

মেয়েটি হেসে উত্তর দিলো "তাই? তা বেশ। একটা আবদার করবো লেখক বাবু??"।

মেয়েটির হাসি দেখে জানি না আমার কি হলো, আমি ওর থেকে চোখ সরাতে পারলাম না। মনে হতে লাগলো এই তো স্বর্গ। এই ভালোবাসার রসে আমি ডুবে যেতে চাই, পারলে মরেও যেতে পারি। বিয়ে করিনি বলে এতদিন রক্ত কেমন ঠান্ডা হয়ে গেছিল, কিন্তু আজ যা দেখছি তারপর আর কিছুই বলার ভাষা রাখে না। আমি মেয়েটির প্রশ্নের কোনো উত্তর দিলাম না, কেবল তাকিয়ে রইলাম ওর দিকে। কিন্তু আচমকা এমন একটা ব্যাপার ঘটে গেল, আমি এর জন্য বিন্দু মাত্র প্রস্তুত ছিলাম না। হঠাৎ দেখি মেয়েটি তার কোমল

হাত স্পর্শ করল আমার গালে, তারপর হাত টা ধীরে ধীরে নিচে নামতে লাগলো।

আমি ছটফট করতে লাগলাম। বেশ বুঝতে পারছিলাম, আমি আর পারছিনা, কিছুতেই পারছিনা নিজেকে সামলাতে। একটা ঘুমন্ত আগ্নেয়গিরি যেন হঠাৎ জেগে উঠছে। সে সমস্ত বাঁধা ভেঙে আমার শরীরের বাইরে বেরিয়ে আসতে চায়। আমি নিজেকে যতটা সম্ভব সংযম করার চেষ্টা করলাম।

সেটা কেবল চেষ্টাই রয়ে গেল। পারলাম না আটকাতে। আমিও ক্ষুধার্ত বাঘের মতন ঝাঁপিয়ে পড়লাম তার উপর......।

চতুর্থ পর্ব

দরজায় টোকা পড়লো "দাদা বাবু,, দাদা বাবু,, সকাল হয়ে গেছে। চা টা"।

ঘুম ভেঙে দেখি আমি আগের দিনের মতন বিছানায় শুয়ে আছি। অবাক কান্ড, মনে করার চেষ্টা করা বৃথা, কারণ কাল রাতের কিছু কিছু অংশ ছাড়া আর কিছু মনে নেই। মনে হচ্ছিল কেউ যেন আমার মেমোরি থেকে সমস্ত রাতের অংশ মুছে দিয়েছে। অনেক চেষ্টা করেও মনে করতে পারলাম না।

দরজায় ফের টোকা পড়তেই আমি বিছানা থেকে নেমে চোখ কচলাতে কচলাতে দরজা খুললাম।

দেখি হরি এক গাল হাসি মুখে দাঁড়িয়ে আছে চা এর কাপ নিয়ে।

আমি বললাম "আয়ে"।

হরি ঘরে ঢুকে চা আর বিস্কুট রেখে দিল টেবিলের উপর। তারপর জিজ্ঞেস করলো "দাদা বাবু, আজ দুপুরে কি করবো?? মুরগি আনবো??"

আহ শুনেই জিভে জল এসে গেল। আমি তো এক পায়ে রাজি। হরি বাজারের জন্য বেরিয়ে যেতে আমি চেয়ার টেনে বসলাম চায়ের কাপ নিয়ে।

আমার লেখার খাতা টা নিয়ে বসলাম, ভাবলাম যদি কিছু ভুল হয়ে যায় বানানে তবে ঠিক করে নেব। চা শেষ করে খাতাটা খুলে পড়তে শুরু করলাম। পড়তে পড়তে এক জায়গায় এসে থমকে দাঁড়িয়ে গেলাম আমি।

এইসব কি লিখেছি আমি?? আদৌ আমিই লিখেছি?? বুঝতে পারলাম না।

কাল রাতের কথা মনে করার চেষ্টা করলাম বার বার কিন্তু পারলাম না। কেবল মনে পড়ছিল ,একটা মেয়ে আমার গালে হাত দিয়ে স্পর্শ করল, তারপর আর কিছুই মনে নেই।

আমার গল্পে দেখলাম বারবার কামিনীর উল্লেখ, কিন্তু কে এই কামিনী?? যে মেয়েটা কাল রাতে,, তার আগেরদিন রাতে এসেছিল সেই কি কামিনী?? তবে আমার কিছু মনে পড়ছে না কেন??

ভীষণ রাগ হলো নিজের উপর। রাগের চোটে দেওয়ালে ঘুষি মারলাম, কিন্তু কোনো লাভ হলো না। সত্যি কিছুই মনে পড়ছে না।

গল্পের শেষের দিকে এমন কিছু লেখা আছে যা পড়ে আমার মাথা ঘুরে গেল।

লেখা আছে"কামিনী ধীরে ধীরে তার হাত দিয়ে অভিলাসের সমস্ত শরীর স্পর্শ করতে শুরু করলো। অভিলাস সেই হাতের ছোঁয়ায় নিজেকে আরো আরো মেলে দিলো কামিনীর কাছে। তারপর কামিনী আর অভিলাস আপন ভালোবাসার সাগরে নিমজ্জিত হলো।

রক্তের স্রোত কামিনী ও অভিলাস কে আরো আরো বেশি উন্মুক্ত করে দিলো। ওদের দুজনের শরীর আজ এক ও অভিন্ন। শরীরের নূন্যতম কাপড় টুকুও রইলো না"। এই টুকু পড়েই আমি খাতা বন্ধ করেদিলাম। আমি বুঝতে পারছি আমার শরীরে উত্তেজনা বৃদ্ধি পেয়েছে। রক্ত চলাচল দ্রুত। আমি বেশ বুঝতে পারছিলাম আমি কেমন একটা নেশার মধ্যে চলে যাচ্ছি। নিজেকে সামলাতে পারছিনা, বার বার মনে হচ্ছিল কখন রাত হবে?? কখন ওই মেয়ে ফের আসবে, যার নাম কামিনী। আমি আরো জানতে চাই। নিজেকে এ কোন পথে নিজেকে নিমজ্জিত করছিলাম তা নিজেও জানি না আমি। এ বড়ই ভয়ঙ্কর এক পথ। এর শেষ কোথায় তা বোধহয় কেবল ঈশ্বরই জানতেন।

গল্পের শেষ অংশ টুকু পড়ে আমার শরীরের এমন অবস্থা হয়ে যাবে আমি ভাবতেও পারিনি।আমার অবচেতন মন যেন বার বার কিছু পেতে চাইছে। উফফ কি যন্ত্রনা। আমি নিজেকে শান্ত করার চেষ্টা করলাম,কিন্তু পারলাম না।

আমার মাথার মধ্যে ভালো আর থারাপ দুটো ভাবনা এক সাথে কাজ করতে লাগলো, এক ভাবনা বলছে যেও না যেও না, সামনে সমূহ বিপদ, আরেক ভাবনা বলছে, ক্ষতি কি আর একটু এগোলে? গিয়ে দেখোই না কি আছে? হয়ত স্বর্গ.........।

ট্রেন লাইনের পাত দুটো যেমন সমান্তরালে চলতে থাকে, কোনও দিনও এক হয়না, আবার আলাদাও হয়না, ঠিক তেমনি আমার মাথার মধ্যে দুটো ভাবনা সমান্তরালে চলতে শুরু করেছে, ওদের দুজনের মধ্যে দন্দ তুঙ্গে। কেউ কাউকে ছাড়বে না।।

"উফ্ফ আমি বোধ হয় আসতে আসতে পাগল হয়ে যাবো......"।

দুপুরের থাওয়াও ঠিক মতন করতে পারলাম না। বার বার মনে হতে লাগলো কখন রাত হবে?? ছটফট করতে লাগলাম ভিতরে ভিতরে, একটা অদ্ভুত টান অনুভব করছিলাম নিজের মধ্যে।

তিনদিন দাঁড়ি না কাটার ফলে আমার মুখে খোঁচা খোঁচা দাঁড়ির বৃদ্ধি ঘটেছে। হরি সেটা লক্ষ্য করলো, তবে কিছু বলল না। আমি দেখেও দেখলাম না, আমার মনে তখন অন্য চিন্তা...।

সন্ধ্যে পার হয়ে রাত নামলো।

রাত ১০টা বাজতেই হরি কে ডেকে রাতের খাবার আনিয়ে তা জলদি শেষ করে, দরজা বন্ধ করে বসলাম চেয়ারে। এইবার আর কোনো ভয় লাগছে না, জানি না কেন?? আমি নিজেই অপেক্ষা করতে লাগলাম কামিনীর জন্য।

ঠিক ১১.৪০। লেখাতে একটু মন দিয়েছি। ওমনি দরজায় টোকা পড়লো।

আমি সাহস এনে বললাম "আসো"। আচমকাই দরজায় টোকা বন্ধ হয়ে গেল।

আমি ঠিক বুঝতে পারলাম না কি হলো? আমি কি কিছু ভুল বলে ফেললাম??

নিরাশ হয়ে ফের খাতায় মন দিতে যাব, এমন সময় আমার ঘাড়ের কাছে কেউ এসে বললো "আমায় ডাকছ??লেখক বাবু??"

এমন আচমকা ঘটনায় আমি চমকে উঠলাম। মনে হচ্ছিল আমার হৃদপিন্ড টা এই বুঝি খুলে বেরিয়ে আসবে।

প্রায় মিনিট থানেক লাগলো নিজেকে সামলাতে, তারপর একটু সাহস এনে টর্চটা যেই ধরতে গেলাম , তখনই সেই সুরেলা কন্ঠস্বর শুনতে পেলাম। সে বলছে "আহা, টর্চ কেন?? টর্চের আলো আমার সহ্য হয়না, টর্চ নয়, এমনি মোমবাতির আলোই থাক"।

আমি শুকনো গলায় বললাম "বেশ"। তারপর ধীরে ধীরে তাকালাম বিছানার দিকে।

দেখলাম সেই অপরূপ সুন্দরী মেয়েটি বসে আছে। আমার দিকে তাকিয়ে মিটিমিটি হাসছে। বয়সের আন্দাজ পেলাম না, হয়তো ১৮ বা ২২।

আচমকা একটা কথা খেয়াল হতেই আমি ভীষণ ভয়ে পেয়ে গেলাম, কাঁপা কাঁপা কন্ঠে জিজ্ঞেস করলাম তুমি......। তুমি ঢুকলে কি ভাবে??

মেয়েটি হাসল, তারপর বলল " আমার কোথাও যাবার বা আসার বাধা নেই, কোনও বস্তু বা জীব আমায় বাঁধা দিতে পারে না।"।

কথা টা শুনে ঢোক গিললাম, বেশ বুঝতে পারছি হাত পা ঠাণ্ডা হয়ে আসছে, কিছুতেই সাহস আনতে পারছিনা।

তারপর কয়েক সেকেন্ড চুপ থাকার পর একটু সাহস এলে আমি ওই মূর্তির দিকে লক্ষ্য করে প্রশ্ন করলাম "আমি জানি না তুমি কি চাও?? কেন আসো?? জানিনা। কেবল আমায় একটা কথা বলো আমি কিছু মনে করতে পারিনা কেন? রাতের ঘটনা আমার কেন মনে থাকে না??"।

মেয়েটি কোনো উত্তর দিলো না। আমি আবার প্রশ্ন করলাম। হঠাৎ মেয়েটির স্বর কঠিন হলো, বললো "আমি চাইনা তাই"।

হাত পা হিম হয়ে গেল এমন উত্তর শুনে, আমি ফের জিজ্ঞেস করলাম বলতে পারবে কাল রাতে কি হয়ে ছিল? আমার সত্যি কিছু মনে পড়ছে না।

কথা টা শুনে মেয়েটি খিল খিল করে হেসে উঠল, কারন বুঝতে পারলাম না। তারপর চোখের পলকের মধ্যেই আমার টেবিলের সামনে এসে আমার দিকে ঝুঁকে পড়ে, দেহের অনেকটা অংশ উন্মুক্ত করে বলল "কাল রাতে,......। তুমি বিছানায় শুলে, আর আমি তোমার মাথায় গালে হাত বুলিয়ে দিলাম......"।

এই টুকু বলেই ফের হাসল মেয়েটি। এবং চোখের নিমেষে ফের বিছানায় গিয়ে হাজির হল। এমন দৃশ্য দেখে সত্যি বলছি যেকোনো পরাক্রমশালী মানুষ ও ভয়ে মূর্ছা যাবে। ইতি মধ্যেই আমার যে সেই রূপ অবস্থা হতে চলেছে তা আমি বেশ বুঝতে পারছিলাম।

অনেকক্ষণ সবাই চুপ, একটা গুমোট আর অস্বস্তিকর নীরবতা ঘর টাকে কামড়ে কামড়ে খাচ্ছে,...।

আমায় নীরব থাকতে দেখে মেয়েটি প্রথম প্রশ্ন করলো "কি লেখক বাবু, কথা বলবে না"??

আমি গ্লাসে রাখা জলটা কোনও মতে কাঁপা কাঁপা হাতে খেয়ে জিজ্ঞেস করলাম "তুমি কি ভূত?? নাকি অন্য কিছু? কি চাও তুমি?" আসলে ভূত ঠিক কেমন হয় তা আগে কোনদিন উপলব্ধি করিনি বলেই হয়তো এত কিছুর পরেও ঠিক বিশ্বাস করে উঠতে পারছিলাম না।আর সেই কারনেই এমন একটা অদ্ভুত প্রশ্ন করতে আমি বাধ্য হই।

কয়েক সেকেন্ড ফের চুপ,তারপর মেয়েটি বলল "আমি ভূত?? কে বলল? আমি তো ভূত নই......"।

"তবে"??

"ভুত তো অতীত, আমি অতীত নই, আমি তো বর্তমান, হাঁ এটা ঠিক তোমাদের মতন আমার একটা রক্ত মাংসের শরীর নেই, এই টুকুই যা..."।

আমি মনে মনে ভাবলাম এ কেমন হেঁয়ালি কথা বার্তা ,তবে মুখে কিছু প্রকাশ করলাম না। আমি অন্য প্রসঙ্গ টেনে জিজ্ঞেস করলাম "কি চাও? আমার কাছে কিছুই নেই তোমায় দেওয়ার মতন"।

মেয়েটি একটা দীর্ঘশ্বাস ফেলে বলল আমি তো আগেই বলেছি, "আমি বন্ধু হতে চাই...। আমার আর কিছুই লাগবে না......"।

কথা টা শুনে বেশ অবাক হলাম। মানুষ আর ভুতের বন্ধুত্ব? এও কি সম্ভব? আমি স্বপ্ন দেখছি না তো?

পঞ্চম পর্ব

রাতে কখন ঘুমিয়েছি খেয়াল নেই। তবে আজ খুব তাড়াতাড়ি ঘুম ভেঙ্গে গেল আমার। বিছানায় বসে কাল রাতের কথা মনে করার চেষ্টা করলাম, কিন্তু স্বাভাবিক ভাবেই তা মনে পড়লো না।

আমি হাল ছেড়ে দিলাম। বিছানা থেকে নেমে চোখ মুখ ধুয়ে চেয়ারে বসতেই দরজায় টোকা পড়লো হরির।

আমি উঠে সঙ্গে সঙ্গে দরজা খুলে দিতেই হরি অবাক হয়ে গেল।

"আজ খুব তাড়াতাড়ি উঠে পড়লে যে?? কাল রাতে লেখনি বুঝি??"

আমি খালি হাসলাম। চা রেখে হরি চলে গেল। আমি চা খেতে খেতে গল্পের খাতা ওল্টাতে লাগলাম। গল্পের শেষ অংশে অর্থাৎ যেটা কাল লিখেছিলাম তার শেষ অংশে এসে উপস্থিত হলাম। মন দিয়ে পড়লাম। আজ দেখলাম, বিশেষ কিছুই লেখা নেই তাতে।

সত্যি বলতে একটু অবাক ও হলাম। খালি লেখা আছে "কামিনী আর অভিলাস সারা রাত গল্প করে কাটিয়ে দিলো। সব সুখ সব দুঃখ নিজেদের মধ্যে ভাগাভাগি করে নিলো। ওদের কেউ আলাদা করতে পারবে না আর"।

এত সুন্দর লেখা পড়ে মনে মনে ভারী খুশি হলাম।

তারপর এই ভাবেই কাটলো তৃতীয় দিন চতুর্থ দিন ও পঞ্চম দিন। এই ভাবেই রোজ রাতে কামিনীর সাথে গল্প হত, অনেক গল্প। দেখতে দেখতে আমার ফেরার সময় ও হয়ে এলো। কিন্তু সত্যি বলতে যেতে একটুও মন চাইছিল না। খালি মনে হচ্ছিল থেকে যাই, থেকে যাই কামিনীর কাছে। ওকে

রোজ দেখবো।

কি করবো কিছু বুঝতে পারছিলাম না। বড্ড দোটানায় পড়ে গেলাম। কিভাবে এর থেকে মুক্তি পাবো জানিনা।

পঞ্চম দিন ,রাতে গল্প লিখতে বসেছি, প্রায় এক পাতা লিখেও ফেললাম। হঠাৎ খেয়াল হতে হাত ঘড়ির দিকে তাকিয়ে দেখি ১১.৩০ বাজে। আরো ১০ থেকে ১৫ মিনিট বাকি কামিনীর আসতে।

কিন্তু বড্ড ঘুম পেয়েছে আমার। আর তাকিয়ে থাকতেই পারছিনা।

লিখতে লিখতে কখন যে ঘুমিয়ে পড়লাম খেয়াল নেই। আচমকা একটা শীতল স্পর্শে আমার ঘুম ভেঙে যায়। টেবিল থেকে মুখ তুলে দেখি আমার একদম সামনে দাঁড়িয়ে কামিনী।

এমন আচমকা আবির্ভাবে আমি টাল সামলাতে না পেরে পড়ে গেলাম চেয়ার থেকে। তা দেখে কামিনীর কি হাসি। রাগে আমার সারা শরীর জ্বলে উঠলো।

আমি প্রশ্ন করলাম "কেন এসেছো?? আর হাসার কি আছে এতে??"

কামিনী উত্তর দিলো "এমনি দেখা করতে এলাম, আর তোমার অবস্থা দেখে হাসি পেলো।"

আমি চুপ করে রইলাম। এই ভাবে কেটে গেল মিনিট ১৫। সত্যি বলতে কেমন একটা অস্বস্তি হচ্ছিল। ভূতের সাথের থাকার কোনো অভ্যেস বা ইচ্ছে কোনটিই আমার নেই।

তাই সামনে ওইরকম অলৌকিক ভাবে একটা ছায়া মূর্তি বসে আছে আমার দিকেই তাকিয়ে, এটা ভেবেই অস্বস্তি হচ্ছিল আমার। যাই হোক অনেক দিন ধরেই একটা প্রশ্ন আমার মাথার মধ্যে ঘুরপাক খাচ্ছিল। ঠিক করলাম আজ ই জিজ্ঞেস করবো।

কামিনীর দিকে তাকালেই আমি কেমন মোহে আচ্ছন্ন হয়ে পড়ি, সব কিছু গুলিয়ে যায় , তাই ওর দিকে না তাকিয়ে জিজ্ঞেস করলাম "তুমি মারা গেলে কিভাবে? আর এই অভিলাস কে??"

কামিনীর চোখের চাহনি হঠাৎ করেই বদলে গেল। ও আমার দিকে তীক্ষ দৃষ্টি এনে বললো "কেন? এত জেনে কি হবে??"

আমি বললাম "তেমন কিছুই না,কেবল কৌতূহল হচ্ছে মাত্র।"

কামিনী বললো "এখনো সময় হয়নি। সময় হোক বলবো।"

আমি বললাম "থাক আমার শুনে কাজ নেই। তুমি তোমার রাজ্যে থাকো। আমি আমার পৃথিবীতে সুখী। আর দয়া করে তোমার এই

আবেদনময়ি শরীর আমায় দেখাবে না, আমি সামলাতে পারিনা।"

আমি স্পষ্ট দেখলাম কামিনীর মুখের ওই লালিত্ব ভাব এক নিমেষে উধাও হয়ে গেল। চোখ দুটো কেমন যেন আগুনের গোলার মতন দপ করে জ্বলে উঠলো। আমি ভয়ে পেয়ে গেলাম। কি এমন বলে ফেললাম আমি?? বুঝতে পারলাম না।

চোখের নিমেষে ছায়ামূর্তি উধাও হয়ে গেল।

আমি বার বার ডাকলাম "কামিনী,,,,,,,কামিনী,,,"কিন্তু কোনো সাড়া নেই। কামিনীর এই রূপ প্রত্যাগমনে মনটা কেমন থারাপ হয়ে গেল। সত্যি বলতে কলকাতায় ফিরতে মন চাইছে না। আমি কি মনে মনে কামিনী কে ভালোবেশে ফেলেছি?? না না এ কেমন করে সম্ভব??

পরের দিন কামিনী এলো না। সপ্তম দিন ও এলো না। এই ভাবে আরো একটা দিন পার হলো। আমি বুঝে উঠতে পারলাম না যে কেন এলো না।

এদিকে হরি বার বার জিজ্ঞেস করছে কবে যাবো কবে যাবো করে। কিন্তু আমার যে যেতেও মন চাইছে না। মন থালি কামিনীকে খুঁজছে। সমস্ত কথা যে ওর থেকে আমায় জানতেই হবে। এই সবকথা হরি কে বলাও যায় না, কি করব ভেবে উঠতে পারলাম না।

নিজেকে কেমন পাগল পাগল লাগছিলো। গাল ভর্তি দাঁড়িও হয়ে গেছিল।

হরি দেখে বললো "দাদা বাবু তুমি দাঁড়ি কাটবে না??"

আমি থালি বললাম ""হুম"।

হরি কেমন যেন বিস্ময়ের চোখে দেখলো আমায়। অষ্টম দিনেও যখন এলো না তখন ঠিক করলাম, আর না এই ভাবে ঘরে বসে থাকা চলবে না। এই ভাবে নিজেকে ঘরের মধ্যে আবদ্ধ করে রাখলে মরে যাবো।

সেই প্রথম দিনের পর আমি ঘর থেকেই বেরোইনি। এদিকে খাবার ও শেষ। তাই ঠিক করলাম বাজার যাবো।

হরি কে ডেকে বললাম "দে দেখি ব্যাগটা। বাজার থেকে ঘুরে আসি।"

হরির থেকে ব্যাগ নিয়ে সোজা চলে গেলাম বাজারে। কিছু শাক সবজি, আর মাছ কিনলাম। অনেকটা ক্লান্ত হয়ে যাওয়ার জন্য সেই চায়ের দোকানে এসে উপস্থিত হলাম।

আমায় দোকানি দেখে তো অবাক।

প্রশ্ন করলো "এত দিন পর?? কোথায় ছিলেন? আর ভালো ঘর পেয়েছেন তো??"

আমি হেসে বললাম "হ্যাঁ, একটা খাসা বাড়ি পেয়েছি। ১৫০ বছরের পুরনো। খাসা বাড়ি"।

দোকানি খানিকটা অবাক হয়ে জিজ্ঞেস করলো "১৫০ বছরের পুরনো বাড়ি?? কোথায় ??"।

আমি বাড়ির বিবরণ দিলাম। লোকটি চায়ের কাপ টা আমার দিকে এগিয়ে দিতে দিতে শুনছিলো, তারপর কামিনীর কথা বলতেই কাপটা সশব্দে পড়ে গেল মাটিতে।

আমি অবাক হয়ে গেলাম। দোকানি বিস্ফারিত চোখে জিজ্ঞেস করলো "কি...... কি বললেন?? কার নাম বললেন??"

আমি বললাম "কেন ? কামিনীর কথা বলছি। আপনি চেনেন নাকি??"

দোকানি ওই রকমই অবাক হয়ে জিজ্ঞেস করলো "আপনি কামিনীকে দেখেছেন??"

আমি সম্মতি জানিয়ে মাথা নাড়লাম।

লোকটি ভয়ে ঢোক গিলে বললো "পালান, পালান, আর থাকবেন না। না হলে মরবেন পালান দয়া করে"।

আমি হকচকিয়ে গেলাম। এমন কি হলো?? আমি জানতে চাইতেই লোকটি যা বললো তা শুনে আমার এই কনকনে ঠান্ডাতেও কপালে ঘাম জমতে শুরু করলো। আমার হাত পা অবশ হয়ে গেল।

লোকটি বলল "সে আজকের কথা নয়। প্রায় ৫০ বছর আগের কথা। আমার বাবার থেকে শুনেছিলাম।

ওই বাড়িতে একজন জমিদার থাকতেন, তার দুই ছেলে একজনের নাম অভিলাস আর একজনের নাম কুনাল।

আর এখানকার একটা ছোট গ্রামে থাকতো কামিনী বলে একজন মেয়ে। খুব সুন্দর দেখতে। ওকে দেখে মনেই হতোনা ও গরিবের মেয়ে, মনে হতো কোনো এক রাজ পরিবারের সন্তান।সেই মেয়ের সাথেই অভিলাসের প্রেম হয়। দুজনে খুব সুখেই ছিল। কিন্তু হঠাৎ,,,,,,"

এই টুকু বলে দোকানি থামলো। আমি নিজেকে সামলাতে পারলাম না। আমি বললাম"তারপর ?? তারপর কি হলো??"

লোকটি বলল "তারপর আমিও ঠিক জানিনা। তবে শোনা কথা অনুযায়ী বলছি, অভিলাসের ভাইয়ের সাথেও নাকি কামিনীর সম্পর্ক তৈরি হয়। কিন্তু এর সত্যতা আমার জানা নেই। একদিন কুনাল রাতের অন্ধকারে কামিনীর সরলতার সুযোগ নিয়ে ওকে ধর্ষণ করে।তারপর খুন করে ওই বাড়িতেই

পুঁতে দেয়। এর বেশ কিছু বছর পর, আন্দাজ ৫ কি ১০ বছর পর হঠাৎ এক রাতে কোনো এক অজ্ঞাত কারণে কুনাল আত্মহত্যা করে। তার পরে পরেই অভিলাস ও পাগল হয়ে যায়। আর বেশি দিন বাঁচেনি ও। তারপর থেকেই এই বাড়ি ফাঁকা। যারা যারা থাকতে যেত তারা সবাই নয় পাগল হয়ে যেত, নয়তো মারা যেতো। শেষ যিনি এই বাড়িতে ছিলেন, আজ থেকে ১০ বছর আগে, তিনি একজন বৃদ্ধ। তিনি একটু বেশি দিনই বাঁচেন। কারণ সবাই কামিনীকে দেখার পর ১০ দিনের মধ্যেই মারা যেত, কিন্তু ওই লোকটি প্রায় ১ মাস ১০ দিন বাঁচেন।"

আমার চোখ বিস্ফারিত। এখন কি হবে আমার?? তার মানে কি আমিও?? উফফ আর বেশি কিছু ভাবতে পারছিনা।

আমি জিজ্ঞেস করলাম "কিভাবে ওরা দেখলো কামিনীকে??"

লোকটি বলল "শোনা কথা অনুযায়ী, কামিনী নাকি প্রত্যেক রাতে ওদের কাছে আসতো, গল্প করতো, প্রেম করতো ভালোবাসতো। তারপর সব একদিন শেষ"।

শেষের কথা গুলো আমায় ক্ষতবিক্ষত করে দিলো। বেশ বুঝতে পারছিলাম আমার অন্তিম সময় আসন্ন।

কোনোরকমে টলতে টলতে আমি বাড়ি এসে পৌঁছালাম।

আমার এমন ফ্যাকাসে মুখ দেখে হরি দৌড়ে এসে জিজ্ঞেস করলো "কি হয়েছে দাদাবাবু??"

আমি কোনোরকমে হাঁপাতে হাঁপাতে বললাম "হরি যা, কাল ভোরের টিকিট কেটে আন, জলদি যা দেরি করিস না।"

হরি ভ্যাবাচ্যাকা খেয়ে গেল। কিছুই বুঝতে পারলো না। ও কিছু বলার আগে আমি আর কোনো কথা না বলে ঘরে ঢুকে দরজা বন্ধ করে দিলাম।এ আমি কি শুনলাম?? নিজের কানেও বিশ্বাস করতে পারছিলাম না। আজ রাতটুকু কিভাবে কাটাবো সেই ভেবেই আমার হাত পা আরো ঠান্ডা হয়ে গেল। দুপুর গড়িয়ে সন্ধ্যে নামলো। আসতে আসতে আমার মনের ভিতর একটা অজানা ভয় দানা বাঁধতে শুরু করেছে।

এতদিন যাকে ভয়ে পেতাম না তাকে আজ ভীষণ ভাবে ভয় লাগছে। মনে হলো কেউ আমার কানের কাছে এসে ফিসফিসিয়ে এসে বলছে "মরবে, সব মরবে। তুই ও মরবি"।

রাতের খাবার ও ঠিক করে খেতে পারলাম না। ঘরে ঢুকে চেয়ারে গিয়ে বসলাম।

রাত যত বাড়তে লাগলো, আমায় ভয় আমায় আরো আরো জাপটে ধরতে লাগলো। এখন মাথার মধ্যে একটাই চিন্তা আজ রাত টুকু কাটিয়ে কাল ফিরতেই হবে। ফিরতেই হবে। আজ দশম দিন। আর দোকানি বলেছিল সবাই ওই ১০দিনের মধ্যেই মারা যায়। লোকটি কি আমায় মিথ্যে বললো?? নাকি সত্যি? বুঝতে পারছিনা। আর লোকটির মিথ্যে বলেও বা লাভ কি??

হাত ঘড়ির দিকে তাকাতেই আঁতকে উঠলাম, ১১.৩৮ বাজে।আর তো কিছুক্ষন!!! হেয় ভগবান বাঁচাও।

আমি খাতা পেন টেবিলের উপর ওই ভাবে রেখে যেই বিছানায় উঠতে যাবো, ওমনি হঠাৎ একটা খস খস শব্দ শুনতে পেলাম। মনে হলো কেউ খাতায় কিছু লিখছে। মুখ ঘুরিয়ে টেবিলের দিকে চোখ যেতেই আমার সারা শরীর একবার থর থর করে কেঁপে উঠলো।

পেনটা আপনি চলছে। আর খাতার উপর কি সব লিখে যাচ্ছে। আমি কম্পিত পায়ে এক পা এক পা করে এগিয়ে গিয়ে যা দেখলাম সত্যি বলছি আমি নিজেকে সামলাতে পারলাম না। মাথা ঘুরে পরে গেলাম মাটিতে।

খাতায় লেখা ছিল "অরুণ,,,,, তুমি কামনার ফাঁদে পড়েছো, এই ফাঁদ থেকে কেউ তোমায় উদ্ধার করতে পারবে না। তোমার মৃত্যু আগত।

পৃথিবীর সকল মানুষ, পুরুষ অথবা নারী, এই কামের ফাঁদে পড়ে। তুমিও পড়েছো। কাম মানুষকে আরো হিংস্র করে তোলে,তাই তো ধর্ষণের মতন নিম্ন কাজে লিপ্ত হয়।তাই তাদের মৃত্যু অনিবার্য। লেখক বাবু তুমিও আমায় গ্রাস করতে চেয়েছিলে,,,,,,, তাই না???"

সত্যি বলছি, আমি কি করবো বুঝতে পারছিলাম না। আমার মাথা কাজ করা বন্ধ করে দিয়েছিল। কোনোমতে উঠে পড়ে আমি বললাম "কামিনী আমায় ক্ষমা করো। আমি তোমার রূপ দেখে নিজেকে সামলাতে পারিনি। আমি পারিনি নিজেকে আটকে রাখতে। বড় ভুল হয়ে গেছে। আমি বুঝতে পারিনি। আমায় ক্ষমা করো। তবে ওই একবারই, তারপর থেকে তোমায় আমি আর ওই চোখে দেখিনি, তোমায় আমি ভালবেসে ফেলেছি কিনা জানি না তবে আমার খুব ভাল লাগে তোমাকে। আমায় ক্ষমা করো"

তারপর শুনলাম কান ফাটানো একটা অট্টহাসি।

তারপর অদৃশ্য কোথাও থেকে কথা ভেসে এলো "তাই অরুণ,,,,,, ?? তুমিও তো আমার রূপে মুগ্ধ হও নি। তুমি কেবল আমার শরীর পেতে চেয়েছিলে, আমায় ভোগ করতে চেয়ে ছিলে,,,,, তাই না?? তুমি আমায় মন থেকে ভালো বাসনি। আসলে কি বলোতো, সব পুরুষ সমান, তারা

সবাই মেয়েদের শরীরকে একটা ভোগ্য পণ্য বস্তু হিসেবেই দেখে। ভালোবাসে কম লোক। যারা মেয়েদের ওই রূপে দেখে তাদের মৃত্যু অনিবার্য। কেউ আটকাতে পারবে না"।

আমি কেঁদে ফেললাম , আমি হাত জোড় করে বললাম "বিশ্বাস করো, একবারই মাত্র এমন চিন্তা এসেছিল, কিন্তু সত্যি আর আসে নি। আমার তোমায় খুব ভালোলাগে। ভালোবাসি কিনা বলতে পারবোনা, তবে ভালোলাগে"।

আবার সেই কান ফাটানো হাসি।

তারপর যা দেখলাম, তারজন্য আমি বিন্দুমাত্র প্রস্তুত ছিলাম না। বন্ধ ঘরের মধ্যে কোথা থেকে একটা দমকা বাতাস এসে মোমবাতির আলো নিভিয়ে দিলো। আমার গলা শুকিয়ে কাঠ। হরি কে ডাকার মতন শক্তি টুকুও নেই। তারপর দেখলাম একটা ছায়া মূর্তি ঠিক আমার সামনে। জানলার একটা পাল্লা খোলা থাকায় ওখান থেকে চাঁদের আলোর কিছু অংশ এসে পড়েছে ঘরে। সেই আলোতে স্পষ্ট দেখলাম কামিনীকে।

ওর রূপ ধীরে ধীরে পরিবর্তিত হচ্ছে। একটা সুন্দরী রূপসী থেকে একটা কদাকার, নোংরা ভীষণ ভয়ানক রূপে। সে বিকট একটা হা করে আমার দিকে এগিয়ে আসছে, আমায় গিলতে । কি ভীষণ তার রূপ, চোখে দেখা যায়না, মুখে বর্ণনা করাও যায়না।

আমি সেই রূপ দেখে দু পা পিছিয়ে গেলাম।

কামিনী এগিয়ে এলো। ওর মুখ আমার একদম সামনে নিয়ে আসতেই যা দেখলাম তাতে আমার সমস্ত শরীর অবশ হয়ে গেল। আমার বুদ্ধি লোপ পেলো। সারা শরীর দিয়ে ঠান্ডা রক্তের স্রোত বয়ে গেল।

দেখলাম মুখের হা একটি প্রকান্ড গহ্বরে সৃষ্টি করেছে। আর তার ভিতরে কঙ্কাল। হাজারো কঙ্কাল। লাখ লাখ কঙ্কাল। তাদের হাড়ের ঠোকাঠুটির শব্দ। কামিনীর দাঁত ৩২ টা নয়, ৩২ জোড়া। ভীষণ বড় কদাকার সাপ,। সব সব কিছু দেখলাম, সব।

আমি "আঃ,,,,,,"চিৎকার করে মাটিতে লুটিয়ে পড়লাম।

তারপর আর কিছু মনে নেই। যখন হস ফিরল, দেখলাম আমি একটা হাসপাতালের বেডে শুয়ে আছি। মাথায় ভীষণ ব্যথা, বেডের পাশে হরি বসে।

আমার জ্ঞান ফিরতে দেখে হরি কেঁদে উঠে বললো "দাদা বাবু,,,, দাদাবাবু,,,গো, "

আমি অবাক হয়ে প্রশ্ন করলাম "আমি কোথায়??"

"তুমি কলকাতায়!!"

আমি আরো অবাক হলাম আমি তো ঘাটশিলা ছিলাম। কথা টা বলতেই হরি সব কিছু খুলে বললো "সেই রাতে হঠাৎ তোমার চিৎকার শুনতে পেলাম। দৌড়ে এলাম, দেখলাম দরজা খোলা। এসে দেখি তুমি শুয়ে গোঙাচ্ছ, তোমার তীব্র জ্বর। সেই অবস্থায় তোমায় নিয়ে এলাম এখানে। প্রায় ৫ দিন তোমার জ্ঞান ছিলোনা।

আজ ৫ দিন পর তোমার জ্ঞান এলো"।

হরির কথা শুনে আমি হা হয়ে গেলাম। এইসব কি শুনছি আমি? আমি ৫ দিন অজ্ঞান ছিলাম??!!! ভাবতেও পারছিনা।

সেই দিন রাতের কথা মনেও নেই। হরি জিজ্ঞেস করাতে বললাম "সত্যি হরি, কিছুই মনে নেই। হঠাৎ একটা বাজে স্বপ্ন দেখলাম। তারপর আর কিছুই মনে নেই"।

হরি বলল "আমি তোমায় আগেই বারন করেছিলাম, কিন্তু তুমি শুনলে না। আমার বিশ্বাস ওই বাড়িতে নিশ্চয়ই ভুত আছে"।

আমি হরির কথা শুনে কেবল দীর্ঘশ্বাস ফেললাম, কারন সব সত্যি সবাই কে বলতে নেই। কিছুটা সুস্থ হওয়ার পর আমি হাসপাতাল থেকে বাড়ি ফিরলাম। হরি আমার সব জিনিস খুব যত্ন করেই গুছিয়ে রেখেছিল। একদিন রাতে খাওয়া শেষ করে গল্পের খাতাটা নিয়ে বসে ভয়ে ভয়ে পাতা ওলটাচ্ছি, আচমকা একদম শেষ পাতায় এসে চোখ আটকে গেল আমার।

লেখা আছে "লেখক বাবু তুমি ভাল মানুষ। আমি জানি আমার উপর তোমার ও লোভ হয়েছিল, তবে সেটা মাত্র একদিন, আমি সবই জানি। তাই তোমায় মারতে আমি পারিনি।কেবল একটাই অনুরোধ গল্প টা প্রকাশ করো, আমি চাই সবাই জানুক"।

হঠাৎ করেই কেন জানি না কামিনীর উপর শ্রদ্ধা, ভালোবাসা অনেক গুন বেড়ে গেল আমার। অশরীরী হয়েও যেন মানবতার মূর্তি যেন ধারন করে আছে। তাকে হয়তো ছোঁয়া যায়না, কিন্তু তার সান্নিধ্য পেতে আমার একটুও আর ভয় লাগবে না। আমি খাতা টা রেখে আলো নিভিয়ে শুয়ে পড়লাম।

কিছুক্ষণ পর, সময় জানি না, আচমকাই ঘুম ভেঙ্গে গেল, আমি আমার খুব পাশে একজনের উপস্থিতি অনুভব করলাম, আর সাথে শুনলাম এক সুরেলা কন্ঠ, সে বলছে" লেখক বাবু.........। তুমি ষড়রিপু বিসর্জন দিও। তাতেই তোমার মুক্তি... তোমার আসল সাধনা। না হলে তুমিও......। আমি কিন্তু কোথাও যাইনি লেখক বাবু...। আমি ঠিক ফিরবো"।

সে আছে...

এই গল্পের সমাপ্তি হয়তো এই খানেই হতে পারতো। তবে এই গল্পের সমাপ্তি নেই। কারন সে অশরীরী, তার কোনও ধ্বংস নেই। সে আছে, থাকবে...।